LOS REYES MAGOS

Lourdes Miquel / Neus Sans

LOS REYES MAGOS

DIFUSION

Centro de Investigación y Publicaciones de Idiomas, S.L.
C/ Trafalgar, 10, entlo. 1.ª
08010 Barcelona

Colección **"Venga a leer"**
Dirigida por Lourdes Miquel y Neus Sans
Serie "Plaza Mayor, 1"

Diseño de la colección: Ángel Viola
Ilustración de la cubierta: Ángel Viola

1.ª Edición, 1994
2.ª Edición, 1996
3.ª Edición, 1998
4.ª Edición, 2000

ISBN 84-87099-70-X
Depósito Legal: M. 25.320-1994
Impreso en España - Printed in Spain

En la Plaza Mayor, 1 viven...:

Doña Josefa, la portera, siempre quiere saber la vida de los vecinos.

La familia Muñoz: el padre, **Manuel Muñoz**, es médico, la madre, **Alicia Ruiz**, es ama de casa, y las cinco hijas (**Clara**, **María**, **Isabel**, **Rocío** y **Paloma**).

Miguel Fernández es un funcionario de unos sesenta años, antipático y de derechas que está casado con **Luisa Mendoza**, una ama de casa, presumida e infeliz con su marido.

Irene Vázquez es profesora de literatura en un instituto. Está separada, vive sola y es muy independiente. Está enamorada de José Moyano.

José Moyano es el director de una empresa de vídeo –un auténtico ejecutivo–. Está separado. Tiene tres hijos pero vive con su hija **Sonia**, la mayor. Está enamorado de Irene Vázquez.

Doña Carmela Sagasta tiene unos setenta años, es muy atractiva, le encantan los hombres guapos y nadie sabe nada de su pasado. Vive sola con su perro **Blasillo**.

Ricardo Solá es un médico catalán. Vive en Madrid desde hace un tiempo. Le encanta tocar la batería y los teclados. También vive solo.

Cecilia Blastein y, su marido, **Alfredo José Soria**. Son argentinos. Hace bastantes años que viven en Madrid. Ella es psicóloga y él trabaja en una editorial.

Junichi Murata es un japonés que está en Madrid estudiando español. Vive en un piso con otros estudiantes: un vasco, un sueco,...

Y en esta historia también vas a conocer a...

Los Reyes Magos: (el Rey Blanco), **Gaspar** (el Rey Rubio) y **Baltasar** (el Rey Negro), que llegan el día 5 de enero, por la noche dejan sus regalos a los niños y, el 6 de enero, se van hasta el año siguiente.

1

Dentro de dos días llegan los Reyes Magos (1). Las calles de Madrid están llenas de gente comprando, gente con bolsas de plástico, gente con paquetes. Los niños están nerviosos y contentos.

Los vecinos de la Plaza Mayor, 1 también preparan el día de Reyes.

En el primero izquierda, en casa de los Muñoz, Paloma, la menor de las cinco hija, está escribiendo la carta a los Reyes:

Queridos Reyes Magos:

Este año he sido muy buena, he estudiado mucho y no he discutido con mis padres ni con mis hermanas.

Quiero una bicicleta, una raqueta de tenis, un diccionario de inglés, discos y unos pantalones vaqueros. También quiero un perro, un perro como el de Doña Carmela Sagasta, que es vecina mía y vive en el segundo izquierda. Pero a mis padres no les gustan los perros...

Para mi madre quiero un perfume y para mi padre discos de música clásica. Para mi hermana María quiero una mochila de piel de color negro, para mi hermana Isabel quiero unas botas de piel de color marrón (del número 36), para mi hermana Rocío quiero una raqueta de tenis, también, y para mi hermana Clara, un novio, porque está enamorada del vecino del quinto, pero el vecino del quinto está enamorado de otra chica.

Bueno, muchas gracias y hasta el año que viene.

Paloma

Paloma

En el tercero derecha, Irene Vázquez está escribiendo una lista de todos los regalos que tiene que comprar.

«Es horrible —piensa—. Todavía me faltan cinco regalos.»

Decide ir al Corte Inglés (2).

En el quinto derecha, José Moyano, ejecutivo, separado, que vive con su hija Sonia, está hablando con Maruja, su asistenta (3). Maruja trabaja también en el piso de Irene Vázquez.

— ¿Qué le puedo comprar a Irene, Maruja?

Irene y José salen juntos desde que José vive en la Plaza Mayor.

— Pues no sé, Don José.

— Llámame José, por favor...

— Ay, señorito (4), es que yo no sé llamarle José a secas.

— Inténtalo, por favor. Bueno, entonces, ¿qué le compro?

— No sé. Algo de ropa, ¿no? A la señorita Irene le gusta mucho la ropa.

— ¿Y... un perfume?

— Sí, también. Ella siempre usa uno que se llama... que se llama «Locsex» o algo así. Pero la ropa le va a gustar más... Un jersey o una blusa... O también un bolso, un bolso grande, de piel. Lleva un bolso un poco viejo.

— Muy bien. O ropa o un bolso. Voy a ir al Corte Inglés esta tarde. Gracias, Maruja.

«Y también le voy a comprar algo a Maruja», piensa José.

2

En el tercero izquierda viven Cecilia Blastein y su marido Alfredo José. Son argentinos. Ella es psicóloga y trabaja en casa y él es traductor y trabaja en una editorial. No tienen el mismo problema que José Moyano, Irene Vázquez o la familia Muñoz porque en Argentina no se celebra el día de Reyes. Cecilia y Alfredo José no tienen muchos amigos españoles.

— Esto de los Reyes es lindo (5), ¿verdad, Alfredo?

— Sí, pero es un lío. Ir de compras, gastar y gastar...

— Sí, eso es verdad. Bueno, nosotros también tenemos que gastar... Tenemos que ir al mercado porque no hay nada en casa. A ver, ¿qué tenemos que comprar? Pollo, carne para asar, un kilo de cebollas, dos kilos de naranjas...

— Y una docena de huevos.

— Ah, sí. Y bebidas...

— Sí, una o dos botellas de vino tinto y media docena de cervezas.

— Perfecto. ¿Vamos?

— Vamos.

Cuando van a salir, suena el timbre. Es Alicia Ruiz de Muñoz (6), la madre de Paloma, los vecinos del primero izquierda. La señora Muñoz está casada con Manuel Muñoz, un médico que trabaja en su casa, tienen cinco hijas y son los vecinos más antiguos de la escalera.

— Hola, buenos días. ¿Puedo hablar con ustedes un momento?

— Por supuesto. Pase, pase.

— Quiero pedirles un favor. Mi hija Paloma, la menor, todavía cree que los Reyes Magos existen y hemos pensado... hemos pensado disfrazar a alguien de Rey Mago... Y hemos pensado en usted, Alfredo. ¿Puede disfrazarse de Rey Mago, entrar en casa por la noche, a las once y media o doce, dejar los regalos y hacer mucho ruido...?

— Pero, entonces, ella se va a despertar...

— Sí, eso es lo que queremos. A Paloma le va a encantar ver a un Rey Mago en casa.

— Ah, me encanta la idea.

— ¿Seguro? ¿No le pedimos demasiado?

— Me parece muy divertido. Acepto.

— ¡Qué bien! Se lo agradezco mucho. Mañana por la tarde le voy a traer el traje.

— Perfecto.

— Bueno, pues muchísimas, muchísimas gracias y hasta mañana.

— Hasta mañana.

Cuando la señora Muñoz se va, Cecilia dice:

— Este año vamos a celebrar los Reyes Magos.

— Y mañana por la noche voy a ser el rey de la casa (7).

3

Ricardo Solá, el médico catalán que vive en el cuarto derecha, está de vacaciones. Hoy ha decidido hacer lo que nunca puede hacer en Madrid: pasear, comer en un buen restaurante, ir al cine a la sesión de las cinco y, luego, volver a casa y tocar la batería y los teclados. A Ricardo le gusta muchísimo la música y siempre pasa sus horas libres tocando. Hace tiempo tuvo problemas con los vecinos, pero insonorizó la habitación y ahora no molesta a nadie.

Baja en ascensor y, al salir, se encuentra con Doña Josefa, la portera, y con Doña Carmela Sagasta, la vecina del segundo izquierda.

Doña Carmela Sagasta es una mujer de unos setenta años, muy guapa, bajita y delgada, con el pelo completamente blanco. Vive sola y nadie sabe nada de su pasado. Tiene un perro, Blasillo, que es su mejor amigo. A Doña Carmela le gustan mucho los hombres altos y elegantes. Y le gusta mucho Ricardo.

— Buenos días, señoras.

— Buenos días, Ricardo.

— ¿Qué les van a traer los Reyes? —les pregunta Ricardo.

— Ay, hijo (8), no sé... —le contesta Doña Josefa— Mis hijos siempre me regalan alguna cosita...

— A mí, nada —contesta Doña Carmela.

— ¿Nada?

— No, hijo, no. Yo estoy sola en el mundo. No tengo familia. Y mis amigos son jubilados como yo. Y los jubilados no tenemos dinero para regalos.

— ¿Pero ha sido buena (9) este año?

— Buenísima, buenísima.

— Entonces, tiene que poner los zapatos en el balcón. ¡Los Reyes Magos existen, Doña Carmela!

— Tú siempre estás de broma, Ricardo.

— Bueno, me voy. Hasta luego.

Cuando Ricardo se va, Doña Josefa y Doña Carmela practican su deporte favorito: hablar de la gente.

— ¡Qué majo es este Ricardo!

— Sí, es simpatiquísimo.

4

Junichi Murata es un japonés que estudia español en Madrid. Vive en el cuarto izquierda, en un piso de estudiantes. Con él vive un estudiante de arquitectura, un estudiante de Económicas y un sueco, Jonas Hakanson, que también estudia español.

Junichi está muy preocupado por la gramática española. A los españoles siempre les hace preguntas de gramática. Sobre todo a Ricardo Solá y, últimamente, a Irene Vázquez. Todas las palabras nuevas que lee o escucha las escribe en una libreta, mira continuamente el diccionario, estudia los verbos de memoria y, cuando la gente habla, interrumpe para hacer preguntas de gramática. Estos días está de vacaciones, pero sigue preocupado por el español.

Esta mañana se ha comprado El País (10) y lee esta noticia:

— Oye, Jonas —le pregunta a su compañero de piso— ¿tú sabes qué significa «cabalgata»? Es que esta palabra no está en mi diccionario.

— No, no lo sé —Jonas, a veces, se hace el sueco (11)— ¿Dónde la has escuchado?

— No, está aquí, en el periódico.

— ¿Y qué pone exactamente?

— «Mañana: cabalgata de Reyes»

— ¿De los reyes? ¿De Juan Carlos y de Sofía?(12)

— Supongo. Pero no lo entiendo. ¿Verdad que los reyes viven aquí, en Madrid?

— Sí, en las afueras de Madrid.

— Es que aquí pone: «los Reyes Magos vuelven, como cada año, a nuestra ciudad».

— Pues no sé, no entiendo qué significa...

«¿A quién se lo puedo preguntar?», piensa Junichi. En su casa sólo está Jonas, el estudiante sueco. Los otros compañeros de piso están de vacaciones. Junichi no puede esperar. Va al piso de Ricardo Solá. Llama a la puerta. No hay nadie. Baja al piso de Irene Vázquez. Tampoco hay nadie. Y entonces piensa en Doña Josefa, la portera. Coge el ascensor y baja a la planta baja. Allí está la portería.

— Buenos días, señor «Chuchichi» —le dice la portera.

La portera siempre lo llama así y Junichi ya está acostumbrado.

— Buenos días. Mire, tengo un problema... ¿Los reyes viven en Madrid?

— Sí, claro. Viven en el Palacio de la Zarzuela. Está aquí mismo, muy cerca de Madrid.

— Es que he leído esto en el periódico y no lo entiendo. ¿Ve? Pone:«Los Reyes Magos vuelven a Madrid».

— Ay, hijo, es que esos son los Reyes Magos...

Doña Josefa le explica la tradición de los Reyes Magos a Junichi.

— Y mañana —continúa la portera— por el centro de Madrid pasan los tres Reyes en sus carrozas llenas de regalos y los niños van a verlos pasar.

— Ahora lo entiendo. Muchas gracias, Doña Josefa.

— De nada, señor «Chuchichi».

Junichi está más tranquilo. Ya sabe un poco más de la cultura española y, además, ya ha entendido qué quiere decir «cabalgata». Puede comer sin tener una duda existencial.

Entrada de El Corte Inglés

5

Irene está en la sección de ropa de caballeros del Corte Inglés.

— ¿Puedo ayudarla? —le pregunta una dependienta.

— Quiero un jersey de lana para un amigo mío, pero no sé la talla.

— ¿Es muy alto?

— Sí, es alto, bastante alto. No sé... Es como aquel señor de allá, más o menos.

— Entonces, es una talla grande. ¿Y cómo lo quiere? ¿De vestir?

— No, no. Un jersey deportivo, mejor.

— Mire, aquí tenemos éstos. Son muy bonitos y no son muy caros.

Irene mira la etiqueta. Once mil setecientas noventa pesetas. «Carísimos», piensa.

— No quiero gastarme tanto... Es para un regalo.

— Pues mire, también tenemos éstos de aquí. Se venden mucho.

— Sí, pero yo lo prefiero liso. Azul oscuro o verde o... o, quizá, granate...

— ¿Le gustan éstos?

— Sí, éstos están muy bien. ¿Cuánto valen?

— Seis mil doscientas veinticinco.

— De acuerdo. Me llevo el verde. ¿Puede cambiarlo si no le va bien?

— Por supuesto. ¿Lo quiere para regalo?

— Sí, por favor.

—Acompáñeme a la caja central —le dice la dependienta.
«¡Buf! Un regalo menos», piensa Irene.

Paga, recoge el paquete y baja por las escaleras mecánicas a la planta baja. Quiere comprarle un cinturón a Sonia, la hija de José Moyano.

Va a la sección de cinturones, que está junto a la de bolsos, y empieza a mirar un cinturón para Sonia. «Demasiado serio para una chica. Demasiado caro. Demasiado grande. Demasiado clásico. Demasiado moderno...»

— Hola, Irene, ¿qué haces aquí?

Es José Moyano.

— Hola, José, ¡qué casualidad! —dice Irene esondiendo un poco el paquete de regalo para José—. Pues ya ves, comprando. ¿Y tú?

— ¿Lo adivinas? Pues comprando también. Siempre hago estas cosas el último día y es horrible. ¿Has visto cuánta gente? Yo me mareo...

— A mí, la verdad, comprar en los grandes almacenes no me gusta mucho... Pero yo también dejo las cosas para el último día. Bueno, para el penúltimo.

— ¿Me acompañas? Tengo que comprarle un bolso a una hermana mía —miente José— y me puedes ayudar, ¿vale?

— De acuerdo.

En la sección de bolsos, José le pregunta:

— ¿Qué tipo de bolso le puede gustar?

— No sé —dice Irene— ¿Cómo es ella?

— Tiene unos treinta y cinco años, trabaja, es bastante moderna...

— Pues si trabaja, mejor un bolso grande, ¿no?

— Sí, mejor grande. Además, las mujeres lleváis medio Corte Inglés en el bolso...

— José, José... No seas machista... A ver, ¿cuánto te quieres gastar?

— No sé, no me importa. Quiero comprarle un bolso bonito y ya está.

— Mira, éste no está nada mal...

— ¿Y éste?

— Es demasiado clásico, ¿no?

— ¿Te gusta éste?

— Es muy bonito... Pero el color.... Me gustaría más marrón.

— Señorita —le dice José a una dependienta— ¿tienen este mismo modelo en marrón?

— A ver, un momento, que se lo voy a mirar.

Mientras esperan a la dependienta, José le pregunta a Irene:

— ¿Tienes que comprar muchos regalos todavía?

— Un cinturón y algo para Maruja.

— Ah, yo también le quiero comprar algo a Maruja. ¿Se lo compramos juntos?

— Buena idea.

— Señor —dice la dependienta—, sí que lo tenemos. Es éste.

— ¿Te gusta? —le pregunta José a Irene.

— Me encanta. Es precioso. Tu hermana va a estar contentísima.

«Tú vas a estar contentísima. Tú.», piensa José.

— ¿Se lo envuelvo para regalo?

— Sí, por favor.

— Acompáñenme, por favor —les dice la dependienta.

Unos minutos después José, con el regalo de Irene, e Irene, con el regalo de José, pero los dos sin saberlo, vuelven a la sección de cinturones y, después de comprar uno, van a la sección de electrodomésticos.

— Una cafetera como la mía es un buen regalo para Maruja. Siempre dice que la suya va muy mal.

Compran la cafetera y salen del Corte Inglés.

— ¡Por fin !

— ¡Aire puro!

— Bueno, puro, puro... Porque con la contaminación que hay...

— ¿Vamos a tomar algo caliente?

— Muy bien. ¿Adónde vamos?

— A ver... Por aquí... Podemos ir al Círculo de Bellas Artes o al café Gijón (13)...

— ¿Vamos al Círculo?

— Vamos.

6

Doña Luisa Mendoza, y su marido, Miguel Fernández, viven en el segundo derecha de Plaza Mayor, 1. Miguel Fernández es un hombre de unos cincuenta y ocho o sesenta años, antipático, de derechas, bajo, calvo, con bigote y gafas, que siempre está de mal humor. Es funcionario (14) del Ministerio de Hacienda. Su mujer es ama de casa, tiene unos cincuenta años, es rubia, de un rubio artificial, va siempre vestida de rojo o de naranja o de rosa y es infeliz con su marido.

Luisa Mendoza le dice a su marido:

— Adiós, Miguel. Hasta luego.

— ¿Adónde vas? —le pregunta su marido medio dormido en el sofá.

— Voy a hacer unas compras, que todavía tengo que comprar unos regalos...

— Tú siempre haces las cosas en el último momento...

— Sí, pero yo ya tengo tu regalo de Reyes... ¿Tienes tú el mío?

— Grrrr.

Cuando su mujer se va, Miguel Fernández piensa: «¡Díos mío! Es verdad. Pasado mañana es día seis y yo no le he comprado nada a Luisa. Na-da. Voy a tener que salir a comprarle algo. ¡Qué vida! ¡Qué asco!».

Se levanta del sofá, se viste y se va. En el portal se encuentra a Doña Josefa:

— ¿Qué, Don Miguel? ¿Ha sido bueno? ¿Le van a traer muchas cosas los Reyes?

— Grrrr —es su respuesta.

«¡Qué hombre! —piensa la portera—. Cada día está peor...»

En ese momento llega una chica que Doña Josefa conoce pero no sabe de qué.

— Hola, buenas tardes. ¿Es usted la portera?

— Sí, señorita, para servirla (15).

— Mire, yo trabajo aquí al lado, en la Comunidad de Madrid (16).

— Ah, sí. De eso la conozco... La veo pasar todos los días.

Doña Josefa lo sabe todo. Parece de la C.I.A.

— Pues, mire, es que tenemos un problema. Mañana es la cabalgata de los Reyes...

— Sí, ya lo sé —dice Doña Josefa— pensando en Junichi, en «Chuchichi».

— Y resulta que me acaban de llamar por teléfono. El rey Melchor (17), bueno, el señor que hace de Rey Melchor, ha tenido un accidente...

— ¡Vaya! ¡Pobre hombre!

— Y no puede ir a la cabalgata mañana, claro. Y, ahora, no tenemos a nadie para hacer de Rey. He preguntado a mis compañeros, he llamado a mucha gente, pero no hemos encontrado a nadie...

— Pues menudo problema...

— Entonces mi jefa, Doña Encarna Salvador, ¿sabe?, la responsable de «Cultura y espectáculos», me ha dicho: «Pregunta en el barrio». Y estoy aquí por eso... ¿Usted conoce a alguien aquí, en la escalera, para hacer de Rey Melchor...?

— A ver, déjeme pensar... Un japonés, no, ¿verdad? Y un sueco, tampoco, ¿no?

— ¡Qué edificio tan internacional!

— Sí, hija, sí, aquí tenemos de todo... A ver, el señor Muñoz, no, que es muy serio... El señor Fernández, tampoco, que es muy antipático... Mire, no sé, hay tres chicos..., bueno, chicos, señores de unos cuarenta años, que pueden hacerlo... Pero no sé si están... Un momento.

Doña Josefa sube al quinto, llama a casa de José Moyano, pero no hay nadie. Luego baja al cuarto, llama a casa de

Ricardo Solá, pero tampoco hay nadie. Y, luego, baja al tercero y llama a casa de Cecilia Blastein. Alfredo José abre la puerta:

— Hola, buenas tardes, Doña Josefa.

— Buenas tardes, señor Alfredo. ¿Usted quiere hacer de Rey Melchor mañana en la cabalgata?

«¡Vaya! ¡Qué día! Dos propuestas para convertirme en rey el mismo día... ¿Qué tengo yo de especial?», piensa, riéndose, Alfredo José.

— Explíqueme eso, Doña Josefa, que no entiendo nada.

Doña Josefa le explica la historia.

— Pues lo siento, Doña Josefa, pero mañana no puedo...

— No se preocupe...

Cuando Doña Josefa baja a la planta baja, ve entrar por el portal a Ricardo Solá.

— Ay, Don Ricardo, ¡qué bien que ha llegado!

— ¿Qué le pasa, Doña Josefa? ¿Se encuentra mal?

— No, no, estoy perfectamente. Mire, le presento a..., a...

— Soy Luz Aguirre, de la Comunidad de Madrid.

— Encantado. Yo soy Ricardo Solá.

— Es que en la Comunidad hay un problema, ¿sabe, Don Ricardo? Y yo he pensado que quizás usted... —dice la portera.

Y le explican lo que pasa.

— Pues yo no tengo nada que hacer mañana ni por la tarde ni por la noche. O sea, que acepto encantado.

— ¿De verdad? No se puede imaginar el favor que nos hace —dice Luz Aguirre.

— Me parece muy divertido. Yo, un médico serio y

responsable, disfrazado de Rey Melchor paseando por las calles de Madrid... ¿Vamos a salir en la tele?

— Sí, seguramente, sí.

— Tengo que llamar a mi familia.

— Bueno, entonces mañana a las cuatro de la tarde tiene que ir aquí al lado, a la Comunidad, y tiene que subir al tercer piso, al «Departamento de cultura y espectáculos».

— ¿Y allí me dan el traje?

— Sí, allí se viste y le ponen la barba (18) y todo eso...

— Muy bien. Hasta mañana a las cuatro.

— Hasta mañana.

Cuando Luz Aguirre se va, Doña Josefa le dice a Ricardo:

— Va usted a ser famoso, Don Ricardo, muy famoso...

— No exagere, Doña Josefa.

— Yo no me lo pierdo. Mañana voy a la cabalgata.

7

José Moyano e Irene vuelven a casa. En el portal se encuentran a Clara, la hija mayor de los Muñoz.

— Hola, José, ¿no me saludas?

Clara tiene quince años, pero está locamente enamorada de José Moyano.

Tiene muchos celos de Irene y nunca la saluda.

«Otra vez esta niña», piensa José.

— Hola, Clara, ¿qué tal?

— ¿Ya me has comprado mi regalo de Reyes?

— Los Reyes son los padres y sólo les traen cosas a las niñas buenas —le dice José, un poco enfadado.

Irene y Clara entran en el ascensor. En ese momento sale Doña Josefa de la portería.

— ¿Ya saben la noticia? —les pregunta.

No pueden saber «la» noticia porque hace un cuarto de hora que ha pasado.

— No, ¿qué noticia?

— Que Don Ricardo Solá es el Rey Melchor de Madrid.

— ¿En serio? ¡No me diga!

— Como lo oye.

— Pues tenemos que ir a verlo.

— Yo también voy a ir —dice Doña Josefa—. ¿Y tú, Clara? ¿No piensas ir a ver a los Reyes mañana?

— Los Reyes son los padres —dice Clara, muy enfadada, y sube corriendo por las escaleras.

Doña Carmela Sagasta llega un poco más tarde. Ha salido a pasear a su perro.

— Ay, Doña Carmela. ¡Qué noticia! ¡Qué noticia!

— ¿Qué le pasa? ¿Le ha tocado la lotería? (19)

— No, Doña Carmela. Don Ricardo Solá va a ser el Rey Melchor de Madrid.

Y otra vez cuenta la historia de la tarde. Doña Carmela también piensa ir a la cabalgata a ver a Ricardo Solá disfrazado de Rey Mago.

8

El día 5 de enero los madrileños están como locos: hay más gente que nunca en la calle, más coches, más atascos... Los bancos están llenos de clientes. Todo el mundo tiene que sacar dinero para comprar y comprar. Dinero, tarjetas de crédito, paquetes, bolsas de plástico... «Locos. Estamos locos», piensa José Moyano mientras va en el coche a trabajar.

Ricardo Solá se levanta temprano y baja a desayunar a «Casa Paco», un restaurante que está al lado de su casa.

— Buenos días, ¿qué le pongo? ¿Lo de siempre? (20)

— Sí, un café con leche y un croissant, por favor...

— Aquí tiene. Bueno, ya sé la noticia.

Ricardo está un poco dormido y un poco despistado.

— ¿La noticia? ¿Qué noticia?

— Que el Rey Melchor está desayunando en «Casa Paco».

Se ríen. Las noticias vuelan.

La señora Muñoz sale pronto de casa para ir a buscar los últimos regalos y el traje de Rey para Alfredo José.

Miguel Fernández también sale pronto para ir a trabajar. Ayer no encontró nada para su mujer y, después del trabajo, quiere ir a comprarle algo. «La vida es un asco», piensa con su típico mal humor.

Su mujer, Luisa Mendoza, decide ir a la peluquería después de comer. Mañana comen con su hijo, su nuera y los padres de su nuera y quiere estar muy guapa.

Cecilia Blastein no tiene hoy ningún paciente y decide

aprovechar el día para quedarse en casa y descansar. Alfredo José se va a la editorial, como cada día, pero piensa volver pronto para no encontrar demasiado tráfico y para tener tiempo de disfrazarse de Rey.

Irene Vázquez ha repasado su lista de regalos. «Todos, los tengo todos. ¡Por fin!» Y decide ir al gimnasio por la mañana. Luego piensa llamar a José a su despacho para comer juntos e ir juntos también a la cabalgata.

Doña Carmela Sagasta está encantada. Hoy tiene algo especial: la cabalgata de los Reyes. Pero sólo tiene un problema: no va a poder ver uno de sus programas de televisión preferidos. Y no sabe cómo funciona el vídeo. «Bueno, no importa. Un día es un día (21)».

Paloma, la menor de las hijas de los Muñoz, está muy nerviosa. Esta tarde va a ver a los Reyes y les va a dar su carta. La vuelve a leer una y otra vez y cada vez escribe algo más:

«y también quiero un vídeo juego y un reloj Swatch y una mochila como la de mi hermana María y una manta para el perro...»

9

Después de comer la señora Muñoz sale de casa silenciosamente. Lleva una gran bolsa con el traje de Rey para Alfredo José. Paloma no puede verla. Cierra la puerta con cuidado y sube al tercero izquierda.

Llama al timbre y abre Cecilia.

— ¿La molesto?

— No, en absoluto. Pase, pase. ¿Éste es el traje?

— Sí, ¿qué le parece?

— Es lindísimo. ¿Y cómo lo consiguió (22)?

— Lo he alquilado en una tienda de disfraces. Es bonito, ¿verdad?

— Muy lindo. Y me parece que es la talla de Alfredo José.

— Eso espero. Hay un pequeño problema...

— ¿Un problema? ¿Cuál?

— Este traje es el único que he podido alquilar pero..., pero...

— Pero ¿qué? ¿Tiene algún problema el traje?

— Es que es de Rey Negro... Y su marido se va a tener que pintar la cara y las manos de negro...

— Ah, más divertido todavía... No importa. De verdad, no importa.

— ¿De verdad?

— Lo digo en serio. A nosotros nos parece muy divertida esta idea, de verdad. ¿A qué hora tiene que bajar?

— No sé, sobre las once y media o doce. Pero, si quiere, le llamamos por teléfono...

— Sí, mejor. Ustedes nos llaman y, entonces, Alfredo baja. A las once él va a estar preparado. ¿Le parece?

— Muy bien, perfecto. Y muchísimas gracias. Va a ser una sorpresa estupenda para mi hija Paloma.

— Bueno, pues hasta luego.

— Hasta luego.

10

A las cuatro en punto de la tarde, Ricardo Solá sale de su casa y va al edificio de la Comunidad de Madrid para convertirse en el Rey Melchor. En el portal se encuentra a Junichi.

— Hola, Junichi, ¿qué tal?

— Bien, muy bien. ¿Y tú?

— También muy bien. ¿Hoy no tienes ningún problema de gramática?

— No, hoy no, gracias.

— ¿Y te van a traer algo los Reyes?

— ¿Traer algo? ¿Cómo traer algo? ¿Por qué usas el verbo «traer»?

— Déjalo, Junichi. Te lo explico otro día.

Doña Carmela Sagasta sale del ascensor con su perro. En la puerta del ascensor se encuentra con Junichi y tiene una idea.

— Señor Junichi, tengo un problema... Quiero grabar un programa en el vídeo y no sé cómo funciona y como usted es japonés... ¿Puede ayudarme?

— Sí, claro. Encantado.

— ¿Puede subir ahora un momentito? Es que, luego, tengo que ir a la cabalgata...

— Ah, sí, sí, a la cabalgata —Junichi está muy contento porque sabe qué significa...

«Es bastante guapo este chico. Guapo y amable», piensa Doña Carmela y suben a su piso.

A las cinco de la tarde Doña Luisa Mendoza sale del ascensor.

— Adiós, Doña Josefa. Me voy a la peluquería.

— Adiós, adiós, hasta luego.

«¡Cuánto dinero gasta en la peluquería esta mujer», piensa Doña Josefa, la portera, que tiene todo controlado.

Don Miguel Fernández se despierta de la siesta (23), se levanta del sofá, apaga la tele, se toma un café y sale a la calle a comprarle algo a su mujer.

11

A las cinco y media de la tarde Doña Josefa está dentro de la portería y, de repente, ve a un Rey Mago que entra y sube en ascensor.

— Ah, es Ricardo Solá. Seguro que se ha olvidado algo... ¡Qué gracia! ¡Disfrazado de Rey Mago en el ascensor! —piensa la portera.

Un cuarto de hora después la portera sigue pensando: «¡Qué raro! Ricardo todavía no ha bajado... Y dentro de muy poco empieza la cabalgata... Voy a subir a ver qué pasa...»

Coge el ascensor y sube al cuarto piso. Llama varias veces al timbre, pero no contesta nadie. Escucha por la puerta, pero no oye ningún ruido. «Es rarísimo».

Doña Josefa decide llamar al cuarto izquierda, el piso de estudiantes. Junichi y Ricardo se conocen bastante y, a lo mejor, Ricardo está allí.

— Hola, señora Josefa —le dice Jonas Hakanson—. ¿Necesita algo?

— No, sólo una pregunta. ¿Usted ha visto a un Rey Mago?

— ¿A un Rey Mago?

— Bueno, quiero decir... ¿Usted ha visto a Ricardo Solá, el vecino de aquí enfrente?

Jonas piensa: «Están locos estos españoles. Primero busca a un rey, luego busca al vecino de enfrente...»

— Pues no. Hoy no lo he visto.

— Bueno, pues nada, muchas gracias.

— De nada, señora Josefa. Y hasta luego.

La portera baja por la escalera. En el segundo se encuentra con Doña Carmela que sale de su piso con Junichi.

— ¿Ustedes han visto a Ricardo Solá?

— No, pero tiene que estar a punto de salir en la cabalgata...

«¿Ricardo Solá en la cabalgata? —piensa Junichi— ¿He entendido bien el significado de la palabra «cabalgata»?»

— Sí —dice la portera—, pero hace un rato le he visto subir en ascensor y, luego, no ha salido...

— No puede ser, Doña Josefa —le dice Doña Carmela— Venga, ahora mismo nos vamos a la cabalgata... Y allí va a ver a Ricardo Solá disfrazado de Rey Melchor...

— ¿De Rey Melchor? ¡Eso es! El Rey que yo he visto es el Rey Gaspar, con una larga barba de color castaño claro...

— Parece una niña, Doña Josefa. Venga, póngase el abrigo, que nos vamos a la calle.

Junichi decide acompañarlas. «A lo mejor, así, entiendo un poco mejor las cosas que hacen y dicen los españoles», piensa.

Al pasar por el segundo derecha, el piso de Miguel

Fernández y de Luisa Mendoza, Doña Josefa oye unos ruidos, pero no les da importancia.

12

— ¿Qué hora es? —le pregunta Paloma Muñoz a su madre. Es la quinta vez que lo pregunta en media hora.

— Las seis y media.

— Nos tenemos que ir, mamá. Los Reyes llegan a las siete.

—Tranquila, Paloma, tranquila. Salimos enseguida. ¿No ves que pasan muy cerca de aquí? En diez minutos llegamos. Venga, ponte el abrigo y la bufanda, que hace mucho frío... ¿Has cogido la carta para los Reyes?

— Sí, mamá, la tengo aquí.

— Pues, venga, nos vamos.

— ¡¡¡Bien!!!

Paloma está un poco nerviosa. ¡Va a ver a los Reyes!

Por las calles del centro hoy no pueden pasar coches. Órdenes del Ayuntamiento. Los Reyes Magos son los Reyes Magos... Las aceras están llenas de niños con gorros y bufandas. Todos con los ojos muy abiertos, todos muy nerviosos. A las siete ya es de noche, pero miles de luces decoran la ciudad.

— Míralos, míralos, Paloma. Ya vienen.

La cabalgata es magnífica: grandes camiones llenos de juguetes, los Reyes y sus ayudantes subidos en grandes carrozas llenas de luces, música...

— Yo, Doña Carmela —le dice Doña Josefa— cuando veo esto pienso que los Reyes Magos existen.

— Es muy emocionante... Mire, mire, allí está el Rey Melchor... Bueno, Ricardo Solá... Está guapísimo, ¿verdad?

— Guapísimo.

— ¿Y qué, Doña Josefa? ¿Está más tranquila ahora que ve que Ricardo está aquí?

— Sí, sí, mucho más tranquila. No sé, a lo mejor me he dormido un momento y lo he soñado.

— A lo mejor...

Cuando termina la cabalgata, Junichi está como un niño pequeño.

— Me ha gustado muchísimo. ¿Y sólo es una vez al año?

— Sí, señor «Chuchichi». La cabalgata sólo es un día al año: el cinco de enero.

— ¡Qué pena! —dice Junichi.

13

Poco a poco todos los vecinos de la Plaza Mayor, 1 van volviendo a casa: Doña Josefa, Doña Carmela y Junichi, Paloma y su madre, Alfredo José, Clara y María Muñoz, Irene y José Moyano...

Hacia las nueve de la tarde llega Miguel Fernández:

— ¿Qué tal, Don Miguel? —le pregunta la portera— ¿Ha ido a la cabalgata?

— Yo no tengo tiempo para esas cosas...

— ¿Sale ahora de trabajar?

— No. He ido a comprarle un regalo a mi mujer... Por cierto, ¿ha llegado ya?

— Yo no la he visto. Pero es que yo he ido a la cabalgata.

— ¡Qué país! A la cabalgata en horas de trabajo...

Doña Josefa no dice nada, pero piensa: «¡Pobre Doña Luisa! ¡Qué marido!»

Don Miguel coge el ascensor, sube a su piso y, de repente, grita:

— Ladrones, ladrones...

Doña Josefa sube a ver qué pasa.

— ¿Qué le pasa Don Miguel?

— Ladrones. En mi casa han entrado ladrones...

«¡El Rey Mago!», piensa Doña Josefa.

— Tenemos que llamar a la policía.

Unos minutos después llega la mujer de Miguel Fernández y la policía. Les explican lo que ha pasado. La policía revisa la casa, pregunta a los vecinos si han oído o visto algo y, después, se va.

— ¿Les han robado muchas cosas? —le pregunta Doña Josefa a Luisa Mendoza.

— La tele, el vídeo, un radio-casete y un poco de dinero... ¡Qué disgusto!

— Sí, desde luego.

Don Miguel Fernández está nerviosísimo.

— Tómate una tila, Miguel, o un «Valium» —le dice su mujer.

«Eso —piensa la portera—. Una tila cada día se tiene que tomar...»

— Bueno, yo me voy. Si necesitan algo más...

— No, gracias, Doña Josefa. Y gracias por su ayuda.

La portera tiene una noticia más para explicar a los vecinos.

14

A las once de la noche suena el teléfono en casa de Cecilia y Alfredo José.

— ¿Sí?

— ¿Alfredo José? Soy Manuel Muñoz. ¿Está usted preparado para bajar?

— Sí, sí. Parezco el rey Baltasar.

— Perfecto. Si quiere, ya puede bajar.

— Hasta ahora mismo.

Alfredo José, disfrazado de Rey negro, baja por la escalera. Cuando pasa por el segundo se abre la puerta del segundo derecha. Es Miguel Fernández que sale a dejar la basura. Empieza a gritar:

— ¡Socorro! ¡El ladrón! ¡El ladrón!

Alfredo José, que no sabe nada de lo que ha pasado, le dice:

— ¿Dónde hay un ladrón?

Miguel Fernández lo coge por el brazo y sigue gritando:

— ¡Socorro! ¡Socorro! ¡Ayúdenme! ¡Es un ladrón! ¡Un ladrón! —va diciendo el señor Fernández.

— Pero yo... yo... —Alfredo José no puede hablar.

Los vecinos oyen los gritos y salen de sus casas. En un

minuto todos llegan al segundo piso y todos hablan a la vez:

— Pero si es mi marido... —dice Cecilia.

— Este Don Miguel está cada día más loco.

— ¿Han robado? ¿A quién han robado?

Miguel Fernández no escucha a nadie.

También sube Manuel Muñoz.

— ¿Pero qué pasa aquí? —pregunta.

— Es un ladrón. Me ha robado esta tarde.

— ¿Cómo dice? Este señor es el señor Alfredo José, el vecino del tercero izquierda. Usted lo conoce perfectamente, señor Fernández.

— ¿Quééééé?

— Sí, me parece que hay un error —dice Alfredo José.

El señor Muñoz explica la historia de por qué Alfredo José va disfrazado de Rey negro y el señor Fernández no tiene más remedio que disculparse.

— Lo siento. Lo siento, de verdad. Es que estoy nervioso. Me han robado, me ha robado un hombre disfrazado de Rey Mago y, claro, yo..., yo...

— Tranquilo, tranquilo. Descanse y tranquilícese.

Los vecinos se van cada uno a su casa y Alfredo José, a casa de la familia Muñoz. Paloma duerme tranquilamente. Entra en su dormitorio, le deja los regalos encima de los zapatos y una nota que pone:

No hemos encontrado ningún perro como el de Doña Carmela. El año que viene. Tal vez. Tampoco hemos encontrado un novio para tu hermana Clara y le hemos traído un reloj.

Melchor, Gaspar y Baltasar

Y, luego, le da un beso. Paloma abre un momento los ojos y dice: «Estoy soñando. Estoy soñando con los Reyes. ¡Qué bien!» y se vuelve a dormir.

Cuando Alfredo José va a entrar en su casa encuentra un paquete muy grande y muy bonito en la puerta. Pone:

Manuel Muñoz López
Alicia Ruiz de Muñoz

Para ALFREDO JOSÉ "Baltasar"
Plaza Mayor-1, 1º izqda.
28001 MADRID

de parte de los Reyes

Es el primer regalo de Reyes de toda su vida.

Ricardo Solá llega a las dos de la madrugada. Después de la cabalgata, les han invitado a una cena maravillosa en Lhardy (24). Sube por la escalera. En la puerta del segundo izquierda, el piso de Doña Carmela Sagasta, deja un paquete muy bonito y un hueso con un gran lazo rojo.

NOTAS EXPLICATIVAS

(1) En España, la noche del 5 al 6 de enero es la noche de Reyes. Los niños escriben una carta a los Reyes Magos pidiéndoles todo lo que quieren. La noche del día 5 ponen los zapatos cerca del balcón y, cuando se despiertan el día 6, encuentran sus regalos.

(2) **El Corte Inglés** es el nombre de una cadena de grandes almacenes extendida por toda España.

(3) Muchas familias de clase media alta tienen una **asistenta** en casa. Es la persona que se ocupa del trabajo de limpieza de la casa y suele trabajar unas horas a la semana.

(4) Las asistentas, porteras, etc. utilizan **señorito** como fórmula de tratamiento y respeto para dirigirse a los hombres que son sus jefes.

(5) **Lindo** es el adjetivo más usado en Argentina y otros países latinoamericanos para decir **bonito**.

(6) En España, las mujeres casadas no pierden su apellido. Utilizan su primer apellido y luego **de** + el apellido del marido. A veces, para simplificar, al referirse a ellas se puede decir **la señora** + apellido del marido (La señora Muñoz). Para referirse al matrimonio se emplea **los** + apellido del marido (Los Muñoz).

(7) **El rey de la casa** es una expresión para referirse a la persona que manda en una casa o a la persona que es el centro de atención.

(8) **Hijo/a** es una expresión coloquial con múltiples efectos expresi vos. Suelen emplearlas las personas mayores para hablar con gente más joven.

(9) En España se les dice a los niños que, si no son buenos, los Reyes Magos no les traerán regalos.

(10) **El País** es uno de los periódicos de mayor difusión en España.

(11) **Hacerse el sueco** es una expresión que se utiliza para indicar que alguien finge que no sabe, no ha hecho o no ha oído algo.

(12) España es una monarquía constitucional. El rey es Juan Carlos de Borbón y la reina, su mujer, Sofía de Grecia.

(13) El Círculo de Bellas Artes es un local donde se realizan exposiciones y otras actividades culturales y en el que también hay una cafetería de finales del siglo XIX. Está situado en la calle de Alcalá muy cerca de la Plaza de Cibeles. Cerca de allí, en el Paseo de Recoletos, está el Café Gijón, un lugar muy conocido de Madrid en el que se reúnen escritores y artistas.

(14) **Funcionarios** son las personas que trabajan para la Administración del Estado y que tienen un contrato fijo, hasta la jubilación.

(15) Expresión de respeto, usada, sobre todo, por personal subalterno (asistentes, porteros, botones...) y muy frecuente en el marco rural.

(16) Madrid es una de las Comunidades Autonómicas que componen el estado español . Cada Comunidad Autónoma tiene un Presidente y unos órganos de gobierno. El edificio de la Comunidad Autónoma de Madrid está, efectivamente, en la Plaza Mayor.

(17) Los Reyes Magos son tres: el blanco, Melchor; el rubio, Gaspar y el negro, Baltasar.

(18) Los Reyes Magos llevan el pelo largo y barba.

(19) En España se juega mucho a la lotería. El sorteo más importante es el «Gordo», que se celebra para Navidad y luego «El Niño», que se celebra para Reyes.

(20) En Madrid es muy normal que los camareros sepan lo que consumen habitualmente sus clientes.

(21) Expresión que se utiliza para indicar que se puede hacer una excep ción.

(22) En Latinoamérica el Pretérito Perfecto se sustituye en muchos casos por el Pretérito Indefinido.

(23) Contrariamente a lo que se piensa en el extranjero, en las ciudades, muy pocos españoles duermen la siesta.

(24) **Lhardy** es un restaurante muy conocido de Madrid, famoso especial mente por su cocido, su consomé y sus croquetas.

¿LO HAS ENTENDIDO BIEN?

1

1. Haz una lista con todo lo que Paloma les pide a los Reyes Magos:

Para ella ______________________________
Para su padre______________________________
Para su madre ______________________________
Para su hermana Clara ______________________
Para su hermana María ______________________
Para su hermana Isabel ______________________
Para su hermana Rocío ______________________

2. Completa estas frase:

Irene Vázquez todavía tiene que comprar ______________
José Moyano puede comprarle a Irene ____________ o ______________.
José es ________________, vive con ____________ en ______________.
Irene y José salen juntos desde ______________________

2

1. Cecilia Blastein y su marido tienen que ir al mercado. Ésta es la lista de lo que tienen que comprar:

2. La señora Muñoz le pide un favor a Alfredo José. ¿Qué tiene que hacer?

3

1. Completa el cuadro con todo lo que sabes de Ricardo Solá:

vive:____________________
profesión:____________________
carácter:____________________
gustos: ____________________

2. Completa el cuadro con todo lo que sabes de Doña Carmela Sagasta:

vive:____________________
aspecto físico: ____________________
carácter:____________________
otras informaciones: ____________________
regalos de Reyes:____________________

4

1. ¿Qué hace Junichi Murata para aprender más español?

____

____

____

2. ¿Qué has aprendido en estos capítulos sobre España?

____

____

3. Escribe los datos que tienes de las personas que viven en estos pisos:

	IZQUIERDA	DERECHA
QUINTO		
CUARTO		
TERCERO		
SEGUNDO		
PRIMERO		
PORTERÍA		

5

1. ¿Cómo es el jersey que compra Irene?

talla: ______________________________________

color: ______________________________________

estilo: ______________________________________

precio: ______________________________________

2. Irene busca un cinturón para Sonia, pero no le gustan porque _______ o _______ o _______ o _______ o _______.

3. Señala con una cruz cómo es el bolso que se queda José.

☐	grande	☐	pequeño
☐	de piel	☐	de plástico
☐	marrón	☐	negro
☐	clásico	☐	moderno

6

1. Completa el cuadro con todo lo que sabes de Doña Luisa Mendoza:

vive: ____________________
edad: ____________________
aspecto físico: ____________________
carácter: ____________________
profesión: ____________________
otros datos : ____________________

¿Y de Miguel Fernández?

edad: ____________________
aspecto físico: ____________________
carácter: ____________________
profesión: ____________________
otros datos: ____________________

2. ¿Quién será el Rey Melchor de la Comunidad de Madrid?

____

¿Por qué?

____

7

1. Contesta a estas preguntas:

- ¿Qué le pasa a Clara Muñoz?
- ¿José Moyano le piensa comprar algo a Clara?
- ¿Clara piensa ir a la cabalgata de Reyes?
- ¿Y Doña Josefa?
- ¿Y Doña Carmela?

8

1. ¿Qué hacen, en este capítulo...?

Ricardo Solá: ______________________________
La señora Muñoz: ______________________________
Miguel Fernández: ______________________________
Luisa Mendoza: ______________________________
Cecilia Blastein: ______________________________
Irene Vázquez: ______________________________

Doña Carmela Sagasta: ______________________________
Paloma Muñoz: ____________________________________
los madrileños: ___________________________________

9 y 10

Completa estas frases:

El disfraz que consigue la señora Muñoz_______________
____.

Alfredo José se va a tener que pintar _________________
____.

Los Muñoz van a llamar a Alfredo José________________
____.

Alfredo José tiene que estar preparado ________________
____.

Doña Carmela Sagasta no sabe______________________
____

Junichi sube___________________________________
____.

Luisa Mendoza se va_____________________________
____.

Miguel Fernández se despierta_______________________
____.

11

Relaciona las informaciones de cada columna:

La portera :

• ve	• unos ruidos en el segundo derecha
• piensa que	• es Ricardo Solá que se ha olvidado algo
• cree que	• subir en el ascensor a un Rey Mago
• oye	• ha soñado

12, 13 y 14

Contesta a estas preguntas:

1.¿Cómo es la cabalgata de Reyes?

____

____

2. ¿Qué descubre Miguel Fernández cuando llega a casa?

____

____

3. ¿Qué le han robado?

____

____

4. Miguel Fernández cree que Alfredo José es...

____

____

5. ¿Por qué?

____

____

6. ¿Tiene algún regalo de Reyes Doña Carmela? ¿De quién?

____

____